Une Halloween trop géniale !

Texte: Gabriel Anctil • Illustrations: Denis Goulet

Dominique et compagnie

C'est l'**Halloween** et je suis super excité,
car nous allons faire la tournée des maisons !

J'ai prévenu mon grand frère Émile :
« Maintenant que j'ai quatre ans,
il n'est pas question que je rentre
à la maison avant toi. »

Émile est déguisé en redoutable ninja,
et maman, en méchante sorcière.

Mais c'est moi qui ai le déguisement le plus génial : **joueur de hockey!**

Dehors, il fait noir. Ça ne fait rien parce que j'apporte ma **SUPER** lampe de poche.

Émile s'élance en criant:
«Nos amis sont là!»

Sauf que,
avec leurs déguisements,
je n'arrive pas
à les reconnaître.

Autour de nous,
il y a toutes sortes
de beaux costumes :

un vaillant chevalier
qui tient une épée,

un champignon géant,

un hot-dog débordant
de moutarde,

un dragon avec
des ailes dans le dos,

deux astronautes
prêts à décoller vers la Lune

et des princesses.

C'est difficile de monter les escaliers des maisons.
Les grands me bousculent,
et je n'arrive pas à me faufiler.

Émile me prend la main:
«Léo, si tu veux des bonbons,
fais comme moi: FONCE!»

Soudain, je sens qu'on me touche l'épaule. Je me retourne :

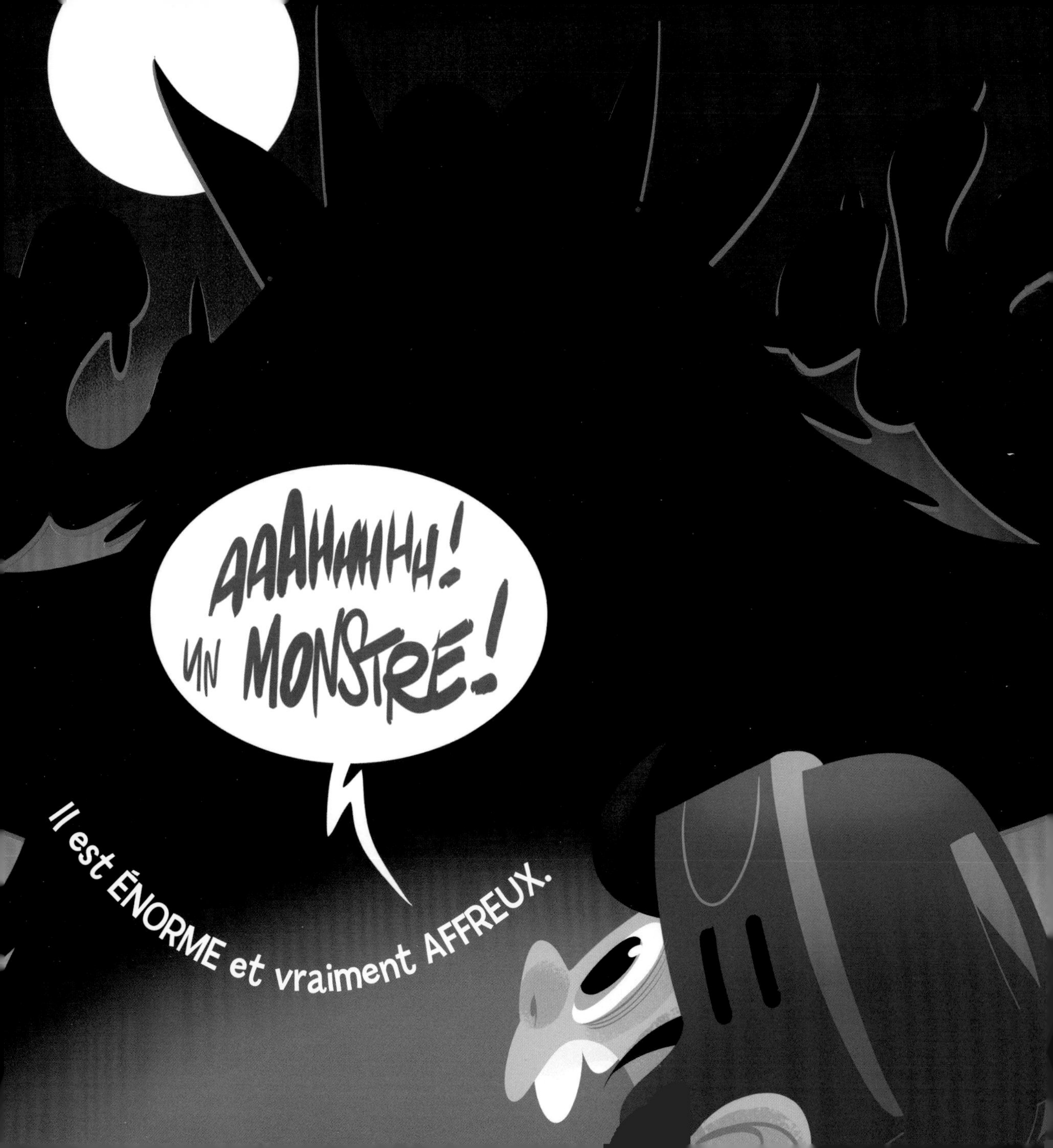
AAAHHHHH!
UN MONSTRE!
Il est ÉNORME et vraiment AFFREUX.

Maman tente de me consoler et murmure:
«N'aie pas peur, Léo. C'est Gustave, notre voisin.»

Émile brandit son sabre magique :
« Ne t'en fais pas, Léo,
je vais te protéger ! »

Le monstre Gustave s'éloigne.
OUF!
Je me sens mieux.

Nous arrivons devant une maison hantée.

J'entends
des bruits inquiétants :
« HOUUUUU...
HOUUUUU...

Émile s'écrie :
« Des **fantômes** et des **zombies** :
j'adore ! » Moi, je préfère rester près de maman.

Mon sac est lourd.
J'ai froid aux mains et au bout du nez.

Nous croisons
des créatures trop bizarres...
« Maman, je veux
rentrer à la maison ! »

Au retour, nous vidons nos sacs.
WOW! Je n'ai JAMAIS eu autant de bonbons!

Après les avoir triés,
nous en mangeons tout plein:
« C'est **TROP** bon! »